DISNEY
PRINCESS
ACTIVITY BOOK
WORD SEARCH

bendon®

The BENDON name, logo, and Tear and Share are
trademarks of Bendon, Inc. Ashland, OH 44805

© 2017 Disney Enterprises, Inc.

The movie THE PRINCESS AND THE FROG © 2009 Disney, story
inspired in part by the book THE FROG PRINCESS by E.D. Baker.

Cinderella

Word List

CINDERELLA

HOUSEWORK

TEMPER

GOODNESS

SWEET

DAUGHTERS

STEPMOTHER

WOMAN

SCOLDED

BEAUTIFUL

PROUD

BALL

PRINCE

WIFE

MARRIED

VAIN

Cinderella

```
I L H N Q D V P R I N C E E
M V Z S U U D A J C R R G Y
V W L O W H S C I I K I T Z
S C R P B E T I I N G R E F
C P P R E P E A O D O X M G
O H E D A D P T P E O U P K
L Y R A U Z M M A R D U E Y
D F X U T W O F G E N S R M
E X K G I O T V B L E Q I W
D N Y H F M H E A L S N W I
X D S T U A E P L A S P M F
E G U E L N R F L N R V G E
R A V R G H O U S E W O R K
J O O S W M A R R I E D L R
```

THE LITTLE MERMAID

Word List

MERMAID	HUMANS
WORLD	FATHER
TRITON	FASCINATION
SIXTEEN	DAUGHTERS
SEVEN	CURIOUS
SEASHELL	ARIEL
PRINCESS	ADVENTUROUS
KING	BIRTHDAY

THE LITTLE MERMAID

```
U P M H U M A N S U R O F A
O R I J Q O D M X E S Z A B
X I W O R L D I H U E A S I
S N E Y D Q X T O Y U R C R
E C V S R X A R J X E G I T
A E G I L F U B L T C K N H
S S T X U T K E H R M N A D
H S E T N V I G U I E R T A
E I P E O R U U S T R Z I Y
L K V E A A Y W E O M T O S
L D V N D Z N U V N A M N J
A K I N G P O P E X I B E O
Z Q G R W P H R N L D P A G
T V L I C D C U R I O U S O
```

5

Beauty AND THE BEAST

Word List

- VILLAGE
- TOWNSPEOPLE
- SMART
- READ
- PAPA
- ODD
- LOVE
- KNOWLEDGE

- IMAGINATION
- GASTON
- COMPASSIONATE
- BELLE
- BEAUTY
- BEAUTIFUL
- BEAST
- ADVENTURES

Beauty AND THE BEAST

```
X W B K Q B E X D L Q T P S
I H O E G J S B K I C F S
O P V V A U O T E N O O D H
T O O L L U L K A O D M I D
Z L L P R Y T W S W J P M G
Z I O X V V R Y T L N A A A
V A D V E N T U R E S S G S
S M A R T R E A D D P S I T
P A P A M G F B R G D I N O
Q E O P B F H U O E D O A N
T O W N S P E O P L E N T K
W Y C O Y B E L L E U A I P
F M B E A U T I F U L T O X
Z O F O D D L T T M I E N Q
```

© Disney

Aladdin

Word List

- ALADDIN
- WISHES
- TIGER
- PRINCESS
- PRINCE
- PALACE
- MONKEY
- MARKETPLACE

- MAGIC
- LAMP
- JASMINE
- JAFAR
- GENIE
- CARPET
- ALI
- ABU

Aladdin

```
H X Q W W I S H E S X N K Y
A L I G K Y X L A M P T M G
M G S G E G K W I T B B O P
P A L A C E A W J J K L N J
J M A R K E T P L A C E K A
B Z E N U T L D I S R L E F
T U H B H W V N V M E C Y A
X I A S I P L O L I H A M R
R K G A I T R V A N I R A L
G Q N E O W T I Z E B P G U
E V B R R O G O N N O E I L
N P R I N C E S S C T T C W
I L E A L A D D I N E I J T
E J T R M Q Q L W O T C R V
```

Sleeping Beauty

Word List

- INFANT
- GOOD
- CHRISTENING
- AURORA
- BETROTHED
- KING
- FAIRIES
- THRONE

- SUNSHINE
- PRINCESS
- PRINCE
- PHILLIP
- MERRYWEATHER
- FAUNA
- FLORA
- HUBERT

Sleeping Beauty

```
F A I R I E S S G A I U D G
J M Z K I N G U O Q P Z F O
J Z E T W A S N Y T R I A O
H J C R V D D S D E I O U D
Z B H Z R D X H D K N E N U
A E R P K Y P I X I C O A Q
U T I H I Y W N P X E Q Y C
R R S I N X Y E Q S S M X P
O O T L F Q N V A M S Y H R
R T E L A L A F Y T F C U I
A H N I N K O C L T H I B N
W E I P T N O R H Q M E E C
L D N U U U Z U A F K U R E
Y W G I T H R O N E S J T X
```

Snow White
and the Seven Dwarfs

Word List

- WOODS
- WICKED
- WALL
- VAIN
- STEPMOTHER
- SNOW WHITE
- SERENADE
- QUEEN

- PRINCESS
- PRINCE
- MIRROR
- JEALOUSY
- HUNTSMAN
- FAIREST
- CRUEL
- BEAUTY

Snow White
and the Seven Dwarfs

```
C J E A L O U S Y Z F R J W
R B Q P M A X E Y R G J N I
U Q D U R I C R E I S C D C
E I W I E N R H X J E S F K
L H J M I E T R B F R N P E
R S U R U O N W O N E O R D
L G P N M G I O V R N W I W
T T S P T W N O Y D A W N A
Q K E A L S K D C A D H C L
B T F R Z U M S Y I E I E L
S D M T I Y V A A W K T S W
I M Y B Y Q R T N O W E S C
Y V A I N K X H S C M X N R
B E A U T Y S F A I R E S T
```

DISNEP · PIXAR
BRAVE

Word List

- SCOTLAND
- KING
- FERGUS
- QUEEN
- ELINOR
- BEAR
- MOR'DU
- DAUGHTER

- MERIDA
- BOW
- ARROWS
- ANGUS
- FOREST
- FREEDOM
- LESSONS
- PRINCESS

Disney · PIXAR

BRAVE

```
D A B E L I N O R I C R T O
O R I M V Z M T M O R D U S
U R A T L N Z Q K A E E S U
J O J E G F Q E D N A E F D
A W Y N D P G I I C C X H I
N S I H S F R M E N L H B Y
G K R L Y E O H I C P R E R
U F J E M W B R S O O L A R
S R B S O N P U E B O V R Q
B E G S T T O Q L S X B L L
B E Y O Q U E E N E T O W Y
O D L N P D A U G H T E R J
W O K S C O T L A N D W T X
P M F E R G U S I A X H D L
```

Tangled

Word List

- RAPUNZEL
- SUNLIGHT
- GOLDEN
- FLOWER
- MAGICAL
- MOTHER
- GOTHEL
- DISCOVER

- YOUNG
- KEEP
- BABY
- ROYAL
- HEALING
- STEAL
- LOCKED
- TOWER

Tangled

```
K D S Y S H F M P T S I E C
I N V O V U J Z N C T D W E
H U G U D P N E R Q O W V D
B M G N V G D L I V W U F I
A A A G Q L O V I D E Z U S
R S R G O J L T F G R Y G C
O T A G I N R J H H H S L O
Y E P V I C V E U E O T O V
A A U D F B A B Y A L T C E
L L N Z L T R L P L P X K R
C T Z R O O V E W I J Z E R
X M E T W V E Z P N Y Z D H
V B L A E K T I I G C T I K
H S D Q R Z N D M O T H E R
```

THE PRINCESS AND THE FROG

Word List

- WEDDING
- TIANA'S PALACE
- SUGAR MILL
- RESTAURANT
- PRIESTESS
- MIDNIGHT
- MALDONIA
- LOTTIE
- LAWRENCE
- JAZZ
- BLUES
- HARD WORK
- EVIL CURSE
- EVENING STAR
- EVANGELINE
- BALL

THE PRINCESS AND THE FROG

```
W J M P R I E S T E S S K A
E F A M I D N I G H T V E R
V W L L E L O T T I E C K E
E E D R F V C S E H A N E S
N D O R E I A C B L D S O T
I D N M O V N N A N E Y A A
N I I N U E I P G U H Z I U
G N A E R S S L L E Z M X R
S G I W L A J B C A L V J A
T P A L N U I E J U I I L N
A L A A W O K A V W R B N T
R B I U O J T U L E D S G E
O T T Y H A R D W O R K E R
W U S U G A R M I L L D N H
```

MULAN

Word List

♥ TROOP

♥ SHAN-YU

♥ NOTICE

♥ MULAN

♥ MISHAP

♥ MATCHMAKER

♥ MARRIAGE

♥ HUNS

♥ HONOR

♥ GENERAL

♥ FAMILY

♥ EMPEROR

♥ DEFEAT

♥ CRICKET

♥ COMMANDS

♥ CHINA

MULAN

```
Q K M U L A N A V L O R R I
X K C R I C K E T D E B W S
W M T C H I N A Y K U W D H
V S C R I S E R A W L N N Y
G E N E R A L M L R A M E R
X F Z B J X H P H M G G W G
Z Y N Z C C A R M U A P P Q
W V I W T H O O Y I N X W O
P U I A S R C N R M H S K U
U P M I E D A R D E F E A T
P M M P Q H A D N O T I C E
G T M H S M F X F A M I L Y
G E A R S S R F E H O N O R
A F T R O O P G W G I Y G H
```

POCAHONTAS

Word List

- JOHN SMITH
- SHIP
- LEAVES
- WEAPONS
- HANDSOME
- GOLD
- SETTLERS
- SEARCH

- SAIL
- FOREST
- RICHES
- FIGHT
- POCAHONTAS
- CAPTAIN
- MATERIAL
- AMERICA

POCAHONTAS

```
O P C A P T A I N Y R Y X H
K K O W C I Y U X W I R J A
S L M C J Y A A A E C L B N
V N E A A X X U U A H P F D
G G U A T H P W Q P E S O S
V J A B V E O I T O S H R O
Q D O Z S E R N J N F I E M
R V S H D E S I T S Q P S E
L V E U N L T H A A Q I T X
P Q A V N S G T C L S S F W
G H R Y R I M G L A M A W H
O V C E F K P I C E B I D Z
L N H V K L F U T P R L E F
D X A M E R I C A H K S B S
```

Cinderella

Word List

WIFE

GODMOTHER

WARDROBES

FAIRY

TAUNTED

DESPAIR

STEPSISTERS

COACH

PUMPKIN

CINDERELLA

MAIDENS

BALL

LAND

ATTEND

INVITED

APPEARED

Cinderella

```
I N V I T E D D R A A R Y F
L B V T G V E G P X T V G A
A V K L D R W C L Y T C O I
L K I W A R D R O B E S D R
W W D E S P A I R M N O M Y
R Q P P B A S P I B D B O J
A P M D P U M P K I N O T P
A S T E P S I S T E R S H M
P J O E X C O A C H Z I E A
T L F G R N F I Q F S B R I
P I A E T U T A U N T E D D
W C I N D E R E L L A H D E
F B Z K D P X M B A L L W N
H I E U S T G B A F W K Y S
```

THE LITTLE MERMAID

Word List

- WITCH
- LIFE
- VOICE
- LEGS
- URSULA
- GROTTO
- SECRET
- FLOUNDER

- SEBASTIAN
- ERIC
- SEA
- CRAB
- SAVE
- COLLECTION
- PRINCE
- ARIEL

THE LITTLE MERMAID

```
X H P D E Y Z A R I E L L V
P R K U R S U L A V P W E C
R L F L O U N D E R O N G I
I V E U I G M F W O P I S B
N T A O P R Q L I F E C C Y
C N A G L T G S T F N O C E
E X H R X S H E C M S L T S
S O I O T E T B H U K L J A
A E Y T V C B A D O A E S V
U R G T U R W S Q I H C E E
T I L O B E Q T D Z H T A S
P C Z A A T W I O D K I A C
L D R C U R K A K E P O K Z
E C V U B Y K N G X Q N O H
```

Beauty AND THE BEAST

Word List

MYSTERIOUS

FAIR

MISSING

DUNGEON

MAURICE

CASTLE

LOST

BRAVERY

LOCKED

BOLDNESS

INVENTOR

BELLE

FRENCH

BEAST

FREEDOM

ALONE

Beauty AND THE BEAST

```
M A U R I C E M I S S I N G
I F H A T E N V I W G G K P
K A O V S F D S N C G M Z I
D L R Y E R S M V A R Y E J
C O P F W E Q F E S S S E F
Y N S H N E Z G N T K T H A
K E K D C D C Y T L J E C I
Y H L J I O C N O E F R L R
E O W S C M V L R J C I O G
B R V D U N G E O N M O C G
E B H L B R A V E R Y U K C
L H G L O S T G A E T S E P
L I L I F N F R E N C H D C
E K I G X L S N B E A S T Z
```

© Disney

Aladdin

Word List

- VILLAGE
- LOVE
- SULTAN
- JASMINE
- SKY
- IAGO
- RIDE
- HIDDEN
- RAJAH
- DARK
- PARROT
- CAVE
- NIGHT
- ALADDIN
- MARRIED
- AGRABAH

Aladdin

```
M A T T Y T Q Q R I D E F Q
C S Y Z F C A V E F B M E T
Y Q J V N S U L T A N G F C
U M Z D N O E X D Q A J A M
E P C Z G P I O R L T U A J
S X W A H A J Z L T Q R K G
K B I Y W R N I G H T A T F
Y L J C X R V Z O A A J M P
M C Q A U O U E K G L A A F
B F Y Z S T Q R Q R A H R M
I G L V G M A H N A D U R D
G T B O O D I L I B D C I Z
O L A N V T Z N B A I N E E
G H I D D E N X E H N U D U
```

Sleeping Beauty

Word List

- VILLAIN
- EVIL
- SONG
- CURSE
- ROSE
- CEREMONY
- RED
- BLUE

- MISTRESS
- BLESS
- MALEFICENT
- BEAUTY
- GREEN
- AURORA
- GIFTS
- ARRIVE

Sleeping Beauty

```
E V G R E E N Q F Y V J Y J
M L H M Q E R E D B H C W G
U B I A O Q O L C F M E F G
Q E Z L V L S P O A B R E I
P A X E I N E F F X L E C F
J U F F L E A H A Q E M U T
G T A I L E F R U A S O R S
K Y U C A Q U Z R X S N S N
N U R E I H H C K I S Y E Z
M Q O N N F L P N K V O P D
E N R T B D F Q Y P Y E N T
V H A Y L M I S T R E S S G
I V B U U A E T Z D U X U U
L A A D E O F B H A N V A E
```

Snow White
and the Seven Dwarfs

Word List

- HOME
- WOODLAND
- HEART
- WHISTLE
- FLEE
- UNTIDY
- DWARFS
- SNOW WHITE

- DIAMOND
- SEVEN
- COTTAGE
- MINE
- LOST
- BEFRIEND
- INTRUDER
- WORK

Snow White
and the Seven Dwarfs

```
S P Q W G R V Z N W E C W M
E X E O M S B O X Q Q O O W
V A M O B P N N Q O B T R Q
E V I D E K D O R F E T K X
N J N L N T D B W M J A H H
H Y E A C B I L O W L G I X
B W J N G E A H F D H E I U
F E H D X Y M I R L A I N F
H M F I I V O N B H E J T N
E X F R S U N T I D Y E R E
A M Q L I T D Q F Y L V U M
R S S I N E L O B A O X D Q
T F J V Z F N E U Z S T E A
D W A R F S A D U Z T J R T
```

Disney · PIXAR
BRAVE

Word List

- ♥ CLANS
- ♥ MARRIAGE
- ♥ UNWILLING
- ♥ DUNBROCH
- ♥ COMPETE
- ♥ ARCHERY
- ♥ FLED
- ♥ STONES
- ♥ MYSTERIOUS
- ♥ LIGHT
- ♥ WHISPER
- ♥ COTTAGE
- ♥ CARVER
- ♥ WITCH
- ♥ WILL O' THE WISP
- ♥ WISH

BRAVE

```
J P D U N B R O C H R H K D
S Y R F Z M A R R I A G E T
C O T T A G E N O M K C Q N
W B C G C T L M G A G O A S
W I L L O T H E W I S P U Z
U P W W I S H L W S B O O C
N C A R C H E R Y W I E W H
W O E F L E D R G R L C Y W
I M F R Z Y E E S I L E H
L P Y Q K V I T J T G A Z I
L E O N R W S E V O H N S S
I T W A P Y G Z C N T S Y P
N E C Y M V J W W E M A S E
G T G W I T C H H S R X C R
```

Tangled

Word List

- EIGHTEEN
- BIRTHDAY
- LANTERN
- OUTSIDE
- LIGHTS
- HAIR
- WORLD
- DANGER

- MAXIMUS
- HORSE
- CHASE
- FLYNN
- CLIMB
- TOWER
- KNOCK-OUT
- HIDE

Tangled

```
C D A W E F Q P L U D O R C
G L H D K K S E C N Y I T Z
B C I O Q K O I Y A A L O C
M H V M X E E G D H L I W V
A A B G B L M H R V D G E X
X S O L A L T T C I A H R K
I E U X A R J E M H N T S N
M W T H I N M E G O G S E O
U O S B H W T N X R E S Y C
S R I M F J O E R S R R N K
G L D A H I D E R E U Y B O
O D E O P T U S S N M Q F U
B B U S F L Y N N I Y A P T
K J G Y L V T N U Q L D R G
```

THE PRINCESS AND THE FROG

Word List

- ♥ TIANA
- ♥ MAGIC
- ♥ RESTAURANT
- ♥ LOUIS
- ♥ RAY
- ♥ FROG
- ♥ PRINCE NAVEEN
- ♥ FIREFLY

- ♥ PARADE
- ♥ FACILIER
- ♥ NEW ORLEANS
- ♥ CHARLOTTE
- ♥ MARDI GRAS
- ♥ BAYOU
- ♥ MAMA ODIE
- ♥ ALLIGATOR

THE PRINCESS AND THE FROG

```
H N X F A C I L I E R I M T
P R I N C E N A V E E N R H
H C W H R A N X A E M Y F H
P V R K Y A R N L U A O I E
A Z W A I C E E L N R O R T
R Z C T Y K S W I N D Y E Q
A M H E L Z T O G F I W F N
D A A I B V A R A Q G Z L R
E M R N R F U L T L R G Y H
Z A L Q M R R E O O A D C C
H O O C M O A A R U S D I E
W D T C H G N N B I H G H C
I I T J W T T S F S A D A B
A E E Z B A Y O U M Y T R T
```

MULAN

Word List

- FORCE
- WEAPONS
- FA ZHOU
- SWORD
- ENLIST
- SON
- MULAN
- CRI-KEE
- MEDDLING
- CHI FU
- HIDE
- BATTLE
- HAIR
- ARMOR
- GARDEN
- ADVISOR

MULAN

```
W B C N J S V A U V K E Z Y
B Q A D G F F N G V N S C
H A D T M Y I J N R N L X F
D A D K T H A I V G N I S A
S C I V C L L R S W G S O Z
H F Q R I D E X J E A T N H
T I O L D S Z L K A R M X O
F Y D E Y Q O P X P D O M U
Q N M E C X V R D O E P C Q
O S A R M O R R F N N Z K Y
X G X I V D O J O S U J G Z
I Q O G V W R P H M U L A N
K A A U S D C R I K E E Z C
Z P M F O R C E I Z N B F G
```

POCAHONTAS

Word List

- WARRIOR
- MARRY
- TRIBE
- KOCOUM
- THOMAS
- GOVERNOR
- STRONG
- ENCHANTED
- STORM
- DAUGHTER
- POWHATAN
- CHIEF
- POCAHONTAS
- BEFRIEND
- OVERBOARD
- BATTLE

POCAHONTAS

```
E I Z B E F R I E N D D O H
C H I E F B A T T L E A A G
E H G O V E R N O R W U I R
V K B D S S H V W X D G Y D
B P P O W H A T A N R H E W
P O C A H O N T A S J T O C
G Y V T G W K N I J N E V S
S M A R R Y A N T A M R E T
R A T Y K I P R H S S Q R O
S T R O N G B C R A B M B R
K O C O U M N E M I A Q O M
W V H M F E I O P V O I A E
E J R H H W H L J B Z R R Q
A J Y X H T D K B F G A D T
```

Cinderella

Word List

- DOORMAN
- ANASTASIA
- DRIZELLA
- ATTIC
- SUZY
- CINDERELLA
- SEW
- BRUNO

- PERLA
- BROOM
- LUCIFER
- BLOSSOM
- JAQ
- BIRDS
- DUKE
- BEADS

Cinderella

```
L W T D N H B V C C U U C R
B B E H X A K O N H M K E D
I E Z U S U P F S O T F L O
R A Y E S W X M S O I L C O
D D B Q W D M S N C V I D R
S S J M D C O U U J T U R M
K K S J B L R L P T W W D A
Y J E R B B Z L A A B S R N
S J V Y B R O O M Q H D I A
R E Z P Z S G E A S P V Z J
V U W D U K E J I B X S E G
S I C I N D E R E L L A L Q
G Q P E R L A G L F N S L B
L A N A S T A S I A Y U A W
```

THE LITTLE MERMAID

Word List

- SNARFBLATT
- SHEEPDOG
- EELS
- SEAGULL
- COMB
- SAND
- ARIEL
- WEDDING

- SAILORS
- VANESSA
- LIFEBOAT
- DINGLEHOPPER
- TRUMPET
- FIRE
- SWIM
- ERIC

THE LITTLE MERMAID

```
H J I M Q Y M M O W S B Q G
Y B D B C F C L K S W W D R
N V I J V I L Q Z N E H I Q
X W N M R U L Z P A D K J M
X H G E G D I B C R D Q S I
L B L A F U F S O F I Z A T
E R E O M S E H M B N V I J
E S H O D A B E B L G A L U
L A O F S N O E C A F N O G
S R P H Y D A P C T I E R Q
M B P J L L T D L T R S S H
Z P E S P D N O J H E S F C
C R R E R B D G K I I A J D
T R U M P E T F A A R I E L
```

Beauty AND THE BEAST

Word List

- WOLVES
- CUP
- WARDROBE
- CLOCK
- TEMPER
- CANDLESTICK
- PETAL
- BOOKS

- MADHOUSE
- BELLE
- LIBRARY
- BEAST
- DREAM
- BALLROOM
- DANCE
- ARMOIRE

Beauty AND THE BEAST

```
F N L L W C L O C K P A I J
G X B O O K S C U P Y R W U
Q V C X O Y X T J E J M O Z
O Y N A X E M K S T X O L Y
F R U M N A Q U Z P X I V E
W Q M E E D O S J B P R E J
A V U R N H L L T N E E S X
R P D X D R A E W E H A H A
D F B A Z T D Q S B M A S U
R V M V E S X E G T P P L T
O C H P D A N C E I I Y E T
B V F K B E L L E B N C T R
E J L I B R A R Y E W N K L
E H B A L L R O O M F Z L T
```

51

© Disney

Aladdin

Word List

- THIEF
- EXPLORE
- THROWN
- HIDE
- WORLD
- JUMP
- RASOUL
- CELEBRATE

- POWERS
- BIRTHDAY
- PEDDLER
- ALLEY
- LAW
- ALADDIN
- ENGAGEMENT
- SUITOR

Aladdin

```
L P O W E R S C V B A E O W
A X T C K S F Q H I A N M D
W J H H L W D T X R L G C Y
M G I B U S V H F T A A B C
I J E H U Y W R Y H D G V C
I G F R K T P O R D D E I C
F V E U P C X W Q A I M P E
W G G M R M S N P Y N E E L
H R U S K U S P N U G N D E
N J W O R L D U L I X T D B
I N A L L E Y R I A A C L R
X H R A S O U L E T E O E A
E X P L O R E O W F O P R T
K R L Q H I D E H N B R X E
```

Sleeping Beauty

Word List

- HORSE
- RIDING
- GOWN
- SWORD
- RAVEN
- GLITTER
- PEASANT
- FLIES

- PALACE
- FINGER
- MOUNTAIN
- CAKE
- MAGIC
- BERRIES
- KINGDOM
- AURORA

Sleeping Beauty

```
M V K U B R G O W N R N U D
R F U B E D Z A E D J D J C
W H Q G G L I T T E R M F A
F W N F M K A A Z I K O L K
L I N V R A V E N O I U I E
F H O R S E G L K O N N E X
D X W F Q E L I S F G T S N
G G N J C D A E C X D A W R
O P I A R I I V X X O I Z I
J F L O F R N D H S M N V D
N A W M R K P E A S A N T I
P S G E L D I W D F J K D N
L U B N H C L A U R O R A G
X U B D H O M G B K K X E W
```

Snow White
and the Seven Dwarfs

Word List

- FOREST
- WELL
- TRAPPED
- DISGUISE
- SNOW WHITE
- CURE
- RIDE
- COUPLE

- MAID
- CHEERFUL
- LIGHTNING
- CASTLE
- GOLD
- CAPTIVATED
- GLASS
- ANIMALS

Snow White
and the Seven Dwarfs

```
D F O R E S T D V A G S H A
N G G T P Y R M Z F L H J T
A X C H E E R F U L A I T Q
V N O C S R I D E F S E U U
Y C I G A N H W C W S C D V
V A D M K P O M A I D U I L
J S D H A S T W X P T R S A
P T V E G L G I W W H E G Z
V L W Z X O S K V H I J U C
N E W P K E L I I A I T I U
C O U P L E Z D J G T T S T
I W E L L W N W S U H E E K
G T R A P P E D E I Q C D M
U U Q K Y L I G H T N I N G
```

Disney · PIXAR
BRAVE

Word List

- CAKE
- SPELL
- QUEEN
- BEAR
- COTTAGE
- RUINS
- CHANGED
- INSIDE

- WISPS
- ANCIENT
- TABLET
- BROKEN
- PRINCE
- LEGEND
- MOR'DU
- WITCH

Disney · PIXAR

BRAVE

```
F Q L S P E L L U V P B D B
G L R I Y Z Z C I Z K K C B
I E F U G C X O U R K N H U
A G J A I U R T M F R A A G
H E H T U N E T O E M N N N
E N F U P G S A R G G C G N
K D C I Y R E G D P G I E K
R F A F R D I E U B W E D F
Z C K F I P U N K Q I N I T
U D E S M F L V C G T T A A
A S N W A Y T N R E C Q J B
L I D B B E A R Y S H I N L
Q U E E N E W I S P S G V E
B X B R O K E N P P K Y P T
```

© Disney

Tangled

Word List

- RAPUNZEL
- GONE
- BROTHERS
- REVENGE
- INN
- FLOOD
- CAVE
- EUGENE
- SINGS
- GLOW
- HEALS
- KINGDOM
- LANTERNS
- TIARA
- CARE
- FLEE

Tangled

```
I  N  N  G  R  E  V  E  N  G  E  B  T  E
D  E  C  J  G  H  P  P  P  N  P  R  N  M
I  Z  W  A  O  L  M  F  K  X  B  O  U  D
R  Z  L  Z  R  U  O  H  T  H  G  T  N  P
G  U  A  K  P  E  M  W  E  I  W  H  J  I
P  X  N  I  R  H  E  O  P  A  A  E  J  A
S  P  T  N  G  A  Q  U  N  F  L  R  D  A
I  S  E  G  H  F  P  V  G  Y  L  S  A  N
N  F  R  D  P  M  A  U  U  E  S  O  Q  Q
G  B  N  O  X  J  F  M  N  R  N  C  O  P
S  V  S  M  C  W  Q  L  A  Z  B  E  D  D
I  U  K  Z  U  A  M  P  E  P  E  V  J  I
C  A  B  H  F  P  V  S  M  E  V  L  X  C
J  S  M  H  R  S  U  E  N  S  U  J  M  D
```

THE PRINCESS AND THE FROG

Word List

- CHARM
- CURSE
- KISS
- CHASE
- ESCAPE
- PROMISE
- TRUMPET
- SOUL

- PAYMENT
- HUMAN
- SPIRITS
- MAGIC
- TRANSFORM
- FORTUNE
- MONEY
- LOVE

THE PRINCESS AND THE FROG

```
D V Q Q J Z G S K G N V N F
T U P R O M I S E J T B U Y
P R M Z Q J T P A Y M E N T
S K A V C H A R M C H A S E
P I D N J F G F I U K D I D
I S P W S U O T O R K W N M
R S S Y E F R R P S H I F X
I U N H W S O K T E R M W Y
T J S Q U J C R A U Y O L S
S X U Z V M F A M K N N O W
S I M Z R L A Z P E Q E V R
C M A G I C L N B E M Y E G
W K A K C A H N J L T P W F
S O U L C W V T R U M P E T
```

MULAN

Word List

- PROTECTOR
- HONOR
- PLUM BLOSSOM
- DYNASTY
- INDEPENDENT
- SYMBOLIC
- PINE
- COMMANDER

- PALACE
- BLOOM
- MAGNOLIA
- BATTLEFIELD
- LING
- BAMBOO
- LEGEND
- ARMY

Mulan

```
A D Y N A S T Y T G A R M Y
X W B A T T L E F I E L D P
X M C K P A L A C E R M V L
B X O I F I Z P P I N E A U
J X M I N Y P N P Q R I B M
B L M E P D P B R I L A W B
A S A X R P E G L O U Q T L
M Y N L O O O P N O C I I O
B M D E T Z K G E H O S E S
O B E G E L A W A N R M C S
O O R E C M I A U O D Y U O
O L M N T H A N N P G E W M
Y I B D O R I O G D C S N X
T C F S R O H D B G R D N T
```

POCAHONTAS

Word List

- TREES
- HUMMINGBIRD
- TRAILS
- FOREVER
- SURVIVE
- FOREST
- RIVER
- FLOWERS

- RACCOON
- FLIT
- POCAHONTAS
- ENGLAND
- MEEKO
- CREATURES
- INDIANS
- CANOE

POCAHONTAS

```
Y T R A I L S T E F I U M I
L N W L B H S C Z L H X G L
F O R E V E R A E O F X V P
F L I T R H T N N W I Y S O
V T S O Q U Y O G E N R U C
W R F W X M P E L R D Z R A
R E E Y F M F D A S I H V H
A E R M M I P E N P A T I O
C S I E W N E E D D N P V N
C B V E Q G M W I B S C E T
O E E K G B J O P W A N H A
O L R O N I I T A H N G C S
N D Q A C R E A T U R E S Y
Y C Z M F D J Q X M T L G Y
```

Cinderella

Word List

- SPELL
- GLASS
- SLIPPERS
- FOOTMEN
- RAGS
- ENJOY
- PUMPKIN
- DELICATE
- MIDNIGHT
- COURT
- MICE
- COACHMAN
- HORSES
- CINDERELLA
- GOWN
- BROKEN

Cinderella

```
F M O G H V E K F H I X M X
U A E I O B R O K E N F I F
J X K N B W W Y L C S S D O
X B D O J E N S Y I V Z N O
R F E W F O D L W N P Y I T
A R L W R X Y I J D U Q G M
G F I T L X G P D E M H H E
S K C J Q C V P S R P A T N
A Q A G N Q J E U E K B J Y
Q M T Q N Z E R R L I P U Q
X I E G L A S S S L N I X C
S C H O R S E S I A D F U I
E E V S D A P E S P E L L T
C O U R T M C O A C H M A N
```

69

THE LITTLE MERMAID

Word List

- TREASURES
- FATHER
- TRITON
- FRIEND
- GUPPY
- URSULA
- SING
- ERIC

- SHORE
- CURIOUS
- SHIP
- CHEF
- OCEAN
- BEACH
- LAND
- ARIEL

THE LITTLE MERMAID

```
V V A F D K V Z O G T M B R
S F Z A A R I E L U H B M L
R N Q T S H O R E R X Y G J
P W R H R C U R I O U S G F
D M F E E E R E Z F V G U F
P H K R Y N A S T Q E H P P
F L P U A V I S H R A W P P
L D K E R R L H U I I Z Y S
L K C A C S C A V R P T T S
C O G Y L A U K N L E O O I
D H I S E H X L B D F S H N
X M E B W S W P A N S J X G
S F H F Q D Z R M G R B P P
B I F M E R I C F R I E N D
```

Beauty AND THE BEAST

Word List

- SPELL
- LOVE
- SICK
- GASTON
- RESCUE
- ENCHANTED
- PROPOSAL
- CURSE

- PLOT
- BOND
- MOB
- BELLE
- MARRIAGE
- BEAST
- MANNERS
- BALCONY

Beauty AND THE BEAST

```
C F L C W K Q M O B M J E H
U S D H C S B E A S T S H G
R I Y I P C W F W F V P W J
S X S P R O P O S A L L P D
E N Y C V N O V E D B L T E
M A N N E R S G S Y L K P R
E N C H A N T E D E Q L L T
B G A S T O N G P V C B O V
E I G O K D B S C P T Z T D
L A A I M A R R I A G E B O
L B W J Q C A F P S M W Z D
E B A L C O N Y G D E F F T
K B O N D R E S C U E R G F
Y O W P R Z J F L O V E H E
```

Aladdin

Word List

- STREET
- GUARDS
- STEAL
- FREEDOM
- RUB
- LAMP
- DISGUISE
- PRISON

- DESERT
- PARADE
- COMMONER
- CAPTURE
- JEWELS
- BREAD
- JASMINE
- ALADDIN

Aladdin

```
E A J Y T I B K U N S D F D
S V F A T X P L I Y A O G O
T L R U S M A D N D R E R Z
R O E P A M D L J I H G P G
E M E L W A I M D S Z P R U
E M D L L U R N G G O A I A
T I O A H A U O E U C R S R
S Y M K I T B D C I O A O D
T N D D S Z W J A S M D N S
E L T E P F D E P E M E B H
A U Y S L T Q W T R O X R Q
L X W E U W U E U W N F E V
M G T R C S R L R B E H A N
M H Z T N N Q S E B R Y D L
```

Sleeping Beauty

Word List

- WOODS
- KISS
- WHEEL
- FULFILLED
- WEAKEN
- FIRST
- TRUE
- BURN

- STEFAN
- BIRTHDAY
- SPINDLE
- AWAKEN
- SIXTEEN
- AURORA
- LOVE
- ASLEEP

Sleeping Beauty

```
T T S U C Z X R G C S D K F
S P I N D L E L S W B U U T
E R G A O P J Q A H I Y X S
V N C W J N S T E F A N W A
Y F D A O T K C S D S F E G
C W H K X L S E H C N U A C
Z O O E O N U T F Z W L K D
F O A N R R R Y I S R F E P
K D I U T I N R R J M I N A
I S B N E M A S J A L R U
S S I X T E E N T N D L I R
S M K W I M F L O V E E R O
B E A S L E E P T M U D D R
O F W H E E L C W W V I Z A
```

Snow White
and the Seven Dwarfs

Word List

- GUEST
- SEVEN
- BEDS
- COOK
- TRANSFORM
- POISON
- APPLE
- GRUMPY

- DOC
- SNEEZY
- DOPEY
- SLEEPY
- HAPPY
- BASHFUL
- DUNGEON
- SNOW WHITE

Snow White
and the Seven Dwarfs

```
C M X F R Y L P G V Y U P S
O R M W N L C D R R S D O N
O B E D S U Z L U L C O I O
K L B G U E S T M I W P S W
W N Y I J K Y X P Z X E O W
S D U N G E O N Y Y I Y N H
L G P D K B S R F S J L W I
E T R A N S F O R M E T F T
E F S I S O J Y J V M V K E
P B L Q E B Z Z P L G H E O
Y G E C N E H A P P Y C C N
D Y O T E F R F E C O R K K
H D Z N J A P P L E H S L Z
R L S B E B A S H F U L I I
```

Disney · PIXAR
BRAVE

Word List

- RING OF STONES
- TAPESTRY
- CLANS
- FIGHTING
- KING FERGUS
- BEAR
- HUNT
- ESCAPE

- CUBS
- TRIPLETS
- MOTHER
- BATTLE
- HUMAN
- SPELL
- BROKEN
- FAMILY

Disney · PIXAR

BRAVE

```
C U B S P K B S B E A R T C
R I N G O F S T O N E S T Q
G B S Y L M T W K T F Q R B
P A S F B K N F P A I K I R
D T P E S C A P E O G I P O
X T E S I A Y Y Y F H N L K
H L L H B L R D E S T G E E
U E L G I T W R Y R I F T N
M I O M S T R U G G N E S H
A T A E D E O O O R G R D D
N F P T H K G Z V U G G I B
A A H T P J C L A N S U W H
T C O K Z F Q O X H J S D Y
B M N J S C E H U N T Z E K
```

Tangled

Word List

- ARREST
- MAXIMUS
- THUGS
- TIED
- GOTHEL
- KNIFE
- FLYNN
- HEAL

- CUT
- HAIR
- POWER
- FALLING
- CRYING
- UNITED
- KINGDOM
- MARRIED

Tangled

```
X L Y X K P N L C U T M V M
H D Q L D C R Y I N G W O D
D X M O H F L Y N N E D D K
I U X Y C A I A R P G E G J
F G X Z R H A D U N I U T Y
M A X I M U S E I R G N I B
T V T L K A F K R I O I E C
P C J E A I B A L L T T D N
Y D X L N R M J A K H E O N
O D M K R X R E L B E D I M
Y F B E N Q H E I R L D R X
Z O W D T H U G S B W I Y G
B O F A L L I N G T A G L O
P O W V Q R Q Y D H Z T V F
```

THE PRINCESS AND THE FROG

Word List

- FEELINGS
- CAPTURE
- SMASH
- FOREVER
- FROG
- MARRIED
- PRINCESS
- CHANGED

- MIDNIGHT
- CLOCK
- NEW STAR
- TOGETHER
- CELEBRATE
- MILL
- RESTAURANT
- BAND

THE PRINCESS AND THE FROG

```
V S G P K T O G E T H E R L
Q M L R V F O R E V E R I M
E A B I F K S J R Q F N X A
W S H N W I O Y G Y R E X V
F H O C W M T U F P O W V M
M E I E T K A V G X G S H I
S R E S T A U R A N T T H D
P M I S S B Y X R M P A K N
F H W P M U A C C I I R N I
K M F E E L I N G S E L I G
G C A P T U R E D Q N D L H
E K U C L O C K Z E Y B T T
K C E L E B R A T E F C X K
T X P D C H A N G E D U Q G
```

Answer Key

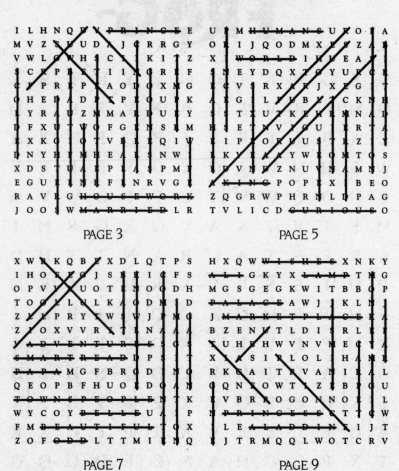

PAGE 3

PAGE 5

PAGE 7

PAGE 9

Answer Key

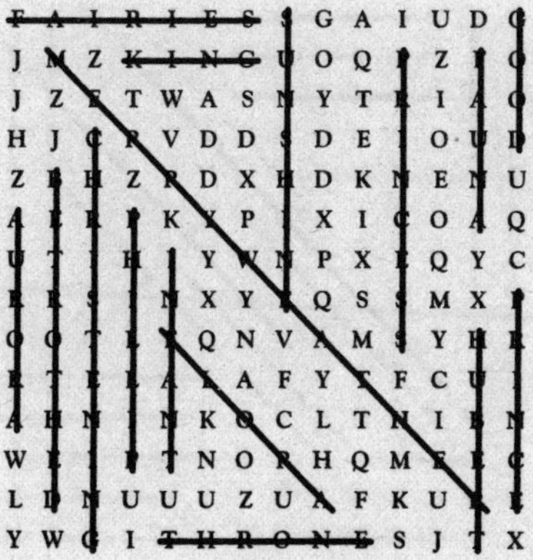

PAGE 11

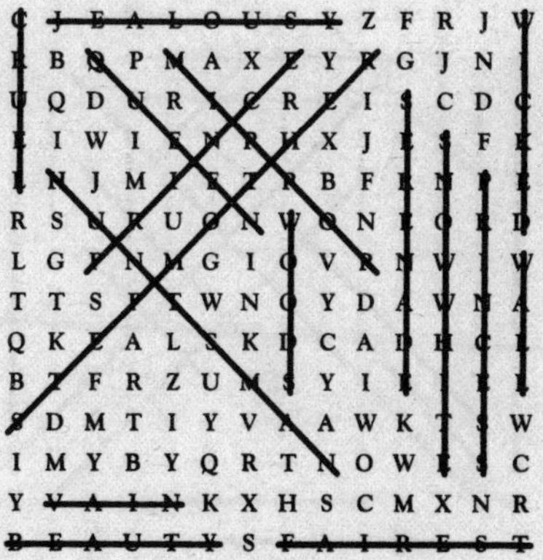

PAGE 13

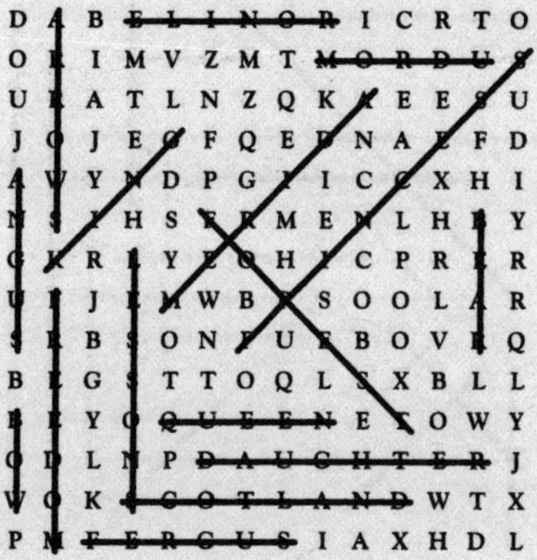

PAGE 15

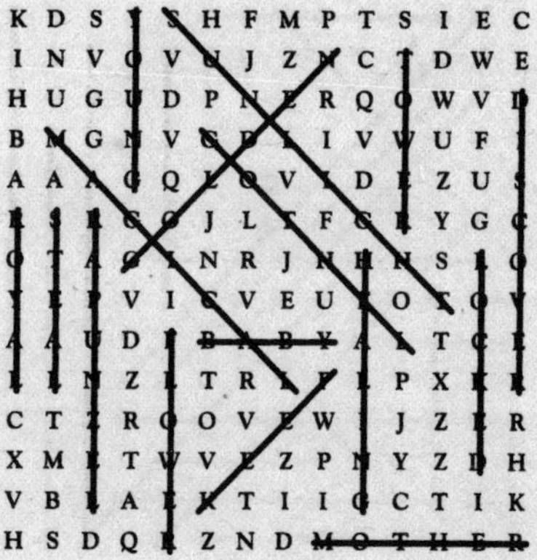

PAGE 17

Answer Key

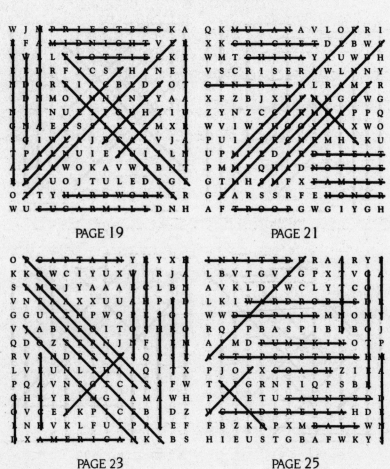

PAGE 19

PAGE 21

PAGE 23

PAGE 25

Answer Key

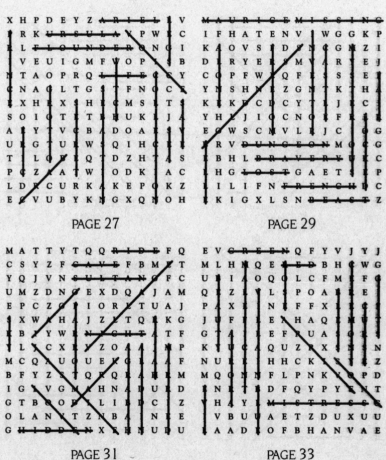

PAGE 27

```
X H P D E Y Z A R I E L L V
R R K U R S U L A V P W L C
L L F L O U N D E R O N G I
V E U I G M F W O P S B
N T A O P R Q L F E C S Y
C N A C L T G S T F N O C E
L X H L X S H L C M S L T S
S O I C T I T H U K L J A
A L Y T V C B A D O A L S Y
U L G T U L W S Q I H C L S
T L O L Q T D Z H T A S
P C Z A T W O D K A C
L D R C U R K A K E P O K Z
E L V U B Y K N G X Q N O H
```

PAGE 29

```
M A U R I C E M I S S I N G
I F H A T E N V W G G K P
K A O V S I D S N G G M Z I
D L R Y E R S M V A R L E J
C O P F W Q F L S S E I
Y N S H N L Z G N T K T H A
K L K C D C Y T L J L C E
Y H L J I O C N O L F L R
E G W S C N V L R J C O G
R V D U N G E O N M O C G
B H L B R A V E R V U L C
H G L O S T G A E T I E
I L I F N F R E N C H D C
K I G X L S N D B E A S T Z
```

PAGE 31

```
M A T T Y T Q Q R I D E F Q
C S Y Z F C A V E F B M Z T
Y Q J V N S U L T A N G F C
U M Z D N O E X D Q J A M
E P C Z Q I O R L T U A J
L X W H A J Z L T Q A K G
I B Z Y W I N I G H T A T F
T L X C X I Y Z O A L M P
M C Q A U Q U E R G L A A F
B F Y Z S T Q R Q I A H M
I G A V G M A H N A D U L D
G T B O O R L L I B D C Z
O L A N Y T Z N B A N I E
G H I D D E N X F H N U D U
```

PAGE 33

```
E V G R E E N Q F Y V J Y J
M L H M Q E S E D B H C W G
U R I A O Q O L C F M C F G
Q I Z I V L S P O A L E
P A X I N L F F X L I C I
J U F I L E A H A Q I M U T
G T A I L E F R U A G L
K T U C A Q U Z F X R L N
N U L L H H C K T S L Z
M Q O N N F L P N K U P D
N I T B D F Q Y P Y E H T
V H A Y L M I S T R E S S E
V B U U A E T Z D U X U U
L A A D I O F B H A N V A E
```

Answer Key

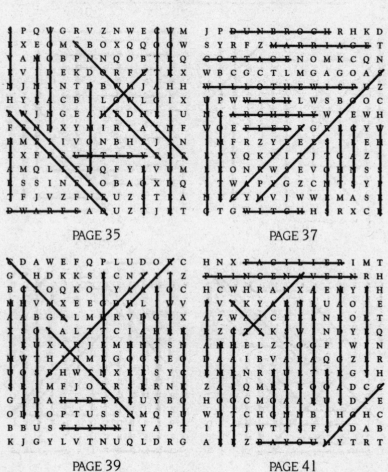

PAGE 35

PAGE 37

PAGE 39

PAGE 41

Answer Key

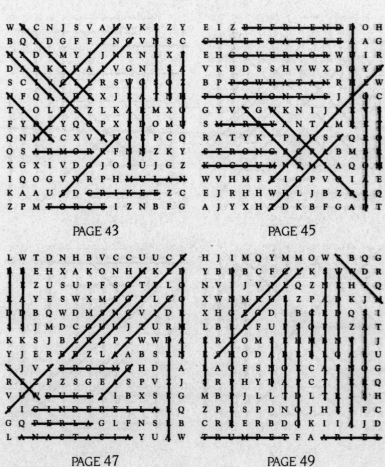

PAGE 43

PAGE 45

PAGE 47

PAGE 49

Answer Key

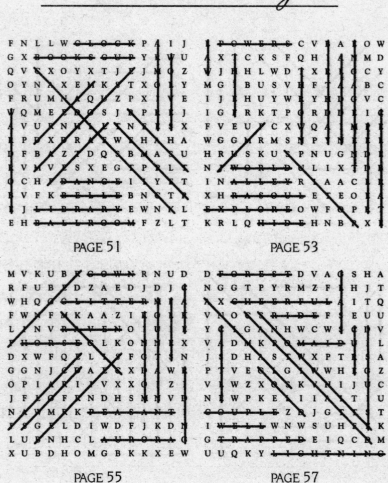

PAGE 51

PAGE 53

PAGE 55

PAGE 57

Answer Key

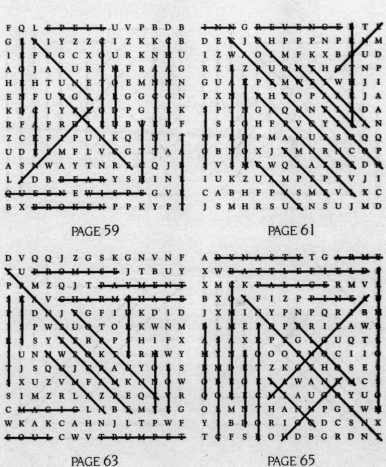

PAGE 59

PAGE 61

PAGE 63

PAGE 65

Answer Key

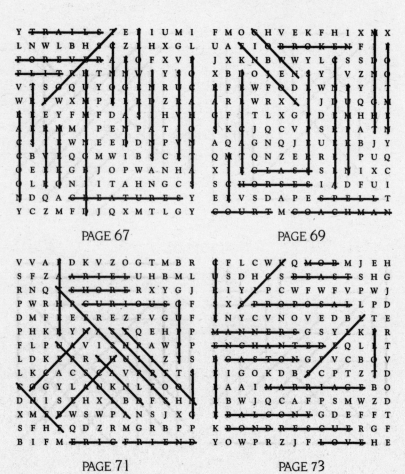

PAGE 67

PAGE 69

PAGE 71

PAGE 73

Answer Key

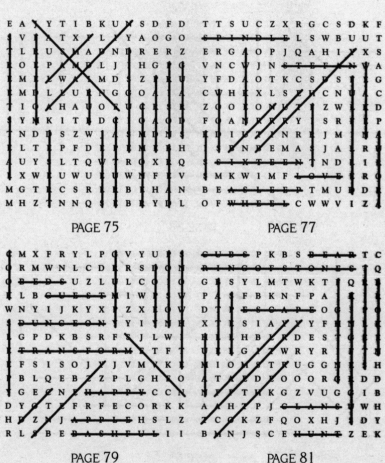

PAGE 75

PAGE 77

PAGE 79

PAGE 81

Answer Key

PAGE 83

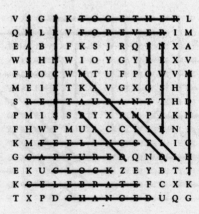

PAGE 85

© Disney